因为爱

彭家洪 著

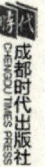
成都时代出版社

图书在版编目（CIP）数据

因为爱 / 彭家洪著 . -- 成都：成都时代出版社，2019.5
ISBN 978-7-5464-2368-5

Ⅰ . ①因… Ⅱ . ①彭… Ⅲ . ①诗集－中国－当代 Ⅳ . ① I227

中国版本图书馆 CIP 数据核字（2019）第 055659 号

因为爱
YINWEI AI

彭家洪 著

出 品 人　李文凯
责任编辑　李卫平
责任校对　李　佳
装帧设计　修远文化
责任印制　李茜蕾

出版发行　成都时代出版社
电　　话　（028）86742352（编辑部）
　　　　　（028）86615250（发行部）
网　　址　www.chengdusd.com
印　　刷　四川金邦印务有限公司
规　　格　145mm×210mm
印　　张　6.875
字　　数　100 千字
版　　次　2019 年 5 月第 1 版
印　　次　2019 年 5 月第 1 次印刷
书　　号　ISBN 978-7-5464-2368-5
定　　价　42.00 元

著作权所有・违者必究
本书若出现印装质量问题．请与工厂联系。电话：（028）86930838

目 录

第一辑　还是那种特别的味道

潜江龙虾红了 _ 003
等你，在虾皇 _ 004
潜江的五月红了 _ 005
在潜江，关于吃虾的 N 种方式 _ 007
吃虾记 _ 009
清蒸大虾 _ 011
红烧虾尾 _ 012
二〇一七年，流行卤虾 _ 013
画龙虾 _ 015
向一只潜江龙虾学习 _ 017
与一只潜江龙虾对视 _ 019
潜江龙虾爬进了互联网 _ 021
即将出国的潜江龙虾 _ 023
给每一只潜江龙虾取一个好听的名字 _ 025
一只被污染的龙虾 _ 027

想起那时，父亲陪我钓龙虾 _ 029
包粽子的母亲 _ 031
烹龙虾的妻子 _ 033
后湖龙虾基地的一个夏日黄昏 _ 035
在异乡，与一群龙虾相遇 _ 037
虾的哲理 _ 039
虾的思考 _ 040
一只龙虾的爱情 _ 041
五月的思念 _ 042

第二辑　还是那个熟悉的村庄

春天的战争 _ 047
故乡研究 _ 048
中秋月 _ 049
想起这些乡间的事物 _ 051
后湖桃花 _ 054
春雨词 _ 055
虾乡春天 _ 056
春天里 _ 058
写给桃子的信 _ 059
醒 _ 060
凤蛟村的早晨 _ 062

萤火虫 _ 064
在那静静的傍晚的虾稻田里 _ 065
在菜市场想起母亲 _ 066
母亲的四万块 _ 068
糖尿病母亲 _ 069
母亲躺在病床上 _ 070
抱起父亲 _ 071
一封旧信 _ 072
给父亲烧纸钱 _ 073
清明,给父亲上坟 _ 074
陪父亲说话 _ 076
夏　日 _ 079
月光照着父亲 _ 080
中秋画故乡 _ 081
中秋节 _ 083
我的父亲不可能那么完美 _ 085
父亲坐在大地上 _ 087
冬日早晨 _ 089
回乡偶记 _ 090
十二月 _ 092
去远方 _ 094
掌上故乡 _ 096
月亮之诗 _ 098

第三辑　还是那座精致的小城

生死相依的小城 _ 103
桃花绽放 _ 105
汉　江 _ 106
建设春天的人 _ 107
办公室写真（组诗）_ 110
环卫工：手执扫帚的诗人 _ 114
她坐在那里 _ 116
午餐时间 _ 118
我总看见你站在那里 _ 119
缉毒队长 _ 120
派出所民警 _ 121
现　场 _ 122
纪检卫士 _ 123
动车偶遇 _ 125
端午纪事 _ 127
与汪伦在鱼塘边对饮 _ 129
雨后清晨 _ 131
芦洑宝塔 _ 132
在章华台，在芈月花海 _ 134
妻子的快乐 _ 136
灯光站在妻子头上 _ 137

病中帖_ 139
感恩书_ 141
我用多种方式活着_ 142
打　扫_ 144
叙利亚今夜无眠_ 146
江　姐_ 148
雨花石_ 150
茶　经_ 152
麻将经_ 155
秋风吹呀吹_ 157
游少林寺_ 159
夜咏，致陵少兄_ 160
登泰山记_ 162

第四辑　还是那份特殊的牵挂

女儿学车_ 167
女儿学画_ 169
女儿开店_ 171
女儿就要毕业了_ 173
地铁上的姑娘_ 175
女儿去旅游_ 178
女儿恋爱了_ 180

春天的叫声 _ 182
不是虚构 _ 183
送女儿上学 _ 185
病房里 _ 186
和一张照片亲近 _ 188
女儿回家 _ 189
家 _ 190
家 _ 192
生日快乐 _ 194
看图识蔬菜 _ 196
放风筝 _ 198
堆积木 _ 200
与女儿一起读唐诗 _ 202
轻轻地喊你 _ 204
女儿上幼儿园 _ 206
女儿学步 _ 207
女儿出生 _ 208
从现在开始 _ 209

第一辑

还是那种特别的味道

潜江龙虾红了

潜江龙虾红了
是那种纯正的红
潜江人那种厚重的红
创新的红
热情的红
开放的红

红成了挂在村口树梢的
一抹红霞
红成了养虾人脸上的
丝丝喜悦
红成了中国、美国,欧洲
全世界眼睛里的一种传奇

潜江龙虾红了
红成了四面宾朋、八方来客记忆中
醇香长久的
潜江味道

等你,在虾皇

这里,时间干净
这里,空气敞亮

来虾皇吃虾吧
这里有最爽的潜江味道

来虾皇吃虾吧
这里有最靓的爱情和姑娘

让我们把酒言欢
共享一段美妙与难忘

龙虾为媒,情谊下酒
拼了命地醉一场

我们的快乐
比春意浓,比高铁长

潜江的五月红了

潜江的五月红了
稻田里的龙虾
陆续爬进了丰收的虾网
爬进了养虾人细密的喜悦
爬进了虾皇美食城、味道工厂餐厅
潜江龙虾城,滚烫的油锅

辛勤收虾的人们
劳动在黎明的朦胧里
脊背弯成了虾一样的弓
笑容灿烂的厨师
把龙虾
在沸腾的锅里摆弄得热气腾腾
香气四溢

潜江龙虾街红了
潜江龙虾城红了
绚烂的晚霞映着它们
醉得红彤彤的脸
"虾皇""虾后"们的爱情也红了
他们在万众瞩目中
羞涩地低着头

在潜江,关于吃虾的 N 种方式

油焖大虾
极品蒸虾
秘制卤虾
椒盐大虾
香辣大虾
冰冻大虾
酱香大虾
啤酒醉大虾
麻辣虾球
爆炒虾尾
……

吉狄马加来吃过
李少君来吃过
汪国真、于坚、韩东来吃过
萧亚轩、王刚、张靓颖
也来吃过
奥运冠军吕小军回家乡

是在虾皇美食城吃的

他们吃虾的样子
你
可以充分发挥想象

其实我最喜欢
坐在虾皇美食城喧闹的大厅
看女儿吃虾
欢喜幸福的样子

蒜茸大虾
她最喜欢

吃虾记

热气腾腾的龙虾刚端上餐桌
就有人露出了
老鹰贪婪的目光
和馋得流涎的心事
就有人伸出了狮子的爪子
就有人亮出了老虎的牙齿

龙虾们开始发出
撕心裂肺的叫声
粉身碎骨的断裂声
有的被吸去虾黄
有的被剥去红铠甲
有的被抽去肠线
有的身首异处

酒精这个帮凶
让食客们大汗淋漓
有人脱去上衣，露出虾球
一样白皙的肌肉
有人唱起，东倒西歪的歌谣
有人哈哈大笑，开始
把酒精变成醉意

这个喧闹的夏季
潜江，火红的夏季
危机四伏，潜江龙虾
让我小声喊出你的疼

清蒸大虾

当窗理云鬓
对镜贴花黄
今天用清亮的汉江水
洗净你的身子
今天让你在宛如仙境的蒸汽中
滚烫成熟
今天你是六月
最美的，红衣新娘

今天你穿得红红火火
淡妆出场
今天你羞涩地端坐在
最美的中国瓷器婚盘上
今天阳光最鲜亮
今天你吸引了中国的目光
世界的目光
今天你是潜江
最靓的，红衣新娘

红烧虾尾

红烧虾尾
这可是母亲的拿手菜
每年夏日返乡
母亲都会为我烧上一大盘

母亲最擅长
把这些新鲜虾尾、大蒜、油、料酒
辣椒、白醋、味精……
调制成香喷喷的
爱的味道

等待出锅的间隙
我看见旺旺的炉火
正把虾尾烧红
时光无言,已悄然
将母亲的黑发漂白

二〇一七年,流行卤虾

我要写写二〇一七年
潜江街道上
最流行的风景

虾皇卤虾
友锅卤虾
翠妈卤虾
状元卤虾
龙四卤虾
真好七卤虾
老班长卤虾
……

每当看到这些招牌
味蕾就开始叫唤
每当经过这些地方
就隐隐嗅到一丝丝
卤虾的香味

听说客人马上要来
卤虾们早已趴在案头
香香的
红红的
静静等待

画龙虾

让我画出你满身
火红的铠甲
一片一片
虾的鳞片,龙的风骨

让我画出你
有力的大钳子
多少次它在我的童年挥动
多少次将我的美梦夹痛

细笔轻轻一勾
长长的触须轻轻抖动
浓墨细细一点
两只圆圆的眼睛
在宣纸上,在水草间
悄悄把你张望

我还要画出
家乡的虾稻田
潜江龙虾理想的栖居地
虾稻田的水面
和村子的黄昏一样安静而平整

我不是齐白石
但常有画虾的冲动
我想画出
你触须般丝丝缕缕的回忆
也要画出
你铠甲般红红火火的当下

向一只潜江龙虾学习

学习它的谦逊
这个懂事的孩子
从不在外惹是生非
虽披一身红铠甲
你一进攻,它就抱拳后退

学习它的坚强
即使遇到不高兴的事
也沉默不语
只是冷静地
向生活晃动坚硬的钳子

学习它的隐忍
尽管生活在底层
但心中仍有一团火焰
寒冬来临,就把自己
藏进深深的泥土

学习它的低调
虽然现在它声名远扬
红得发紫
但依然保持着一颗
纯洁白净的内心

不信,请你
轻轻剥开

与一只潜江龙虾对视

蹲在塑料盆里的小小天地
你瞪着圆鼓鼓的眼睛
挥动着两只吓人的钳子
仿佛我是外来怪物
即将入侵你的领地

其实就在昨天,你还
躺在水草藤椅上休息
如一个安静的老人
聆听阳光落在水面上
冒出的咕咕气泡声

你不知道是谁捕获了你
你也不知道你,马上就要
成为盘中美餐
虽然不仅仅只是
我一个人想吃你

你瞪着大大的眼睛
你想看见什么
你又看见了什么
你是看清了人类的面目
还是看清了生活的真相

潜江龙虾爬进了互联网

不必担心,它不是病毒
不是蠕虫,不是熊猫烧香
不是木马,不是勒索
它只是一只只
健康活跃的潜江龙虾
成群结队,不声不响
爬进了互联网

潜江龙虾.com
潜江龙虾学院.com
潜江龙虾城.com
潜江华山水产食品有限公司.com
湖北莱克水产食品股份公司.com
潜江市满地生金生态农业有限公司.com
潜江市虾皇餐饮管理有限公司.com

这一只只身着喜庆红装的
潜江龙虾，活力四射
爬满互联网的各个角落
挥动着热情的大钳子
用潜江版普通话
用浓厚卷舌音的积玉口方言
向世界打着招呼

我在百度上
搜索了有关潜江龙虾的词条
一共 2020000 条
把它们的长度加起来
一定可以
绕地球几圈

即将出国的潜江龙虾

现在,它们已经
像在科幻片里
被冬眠,安静整齐地
躺进了
潜江华山水产公司特制的集装箱

这些即将出国的潜江龙虾
经历了严格的筛选
从体态长相、肌肉丰满度
到农药残留、重金属各项指标的检测
仿佛国家在挑选龙虾飞行员

我猜想，前几天
这些潜江龙虾
一定非常兴奋
它们肯定聚在一起
谈论过未来美好的憧憬
甚至有几只
还偷偷地学了几句英语

我不知道
这些就要飞往
大西洋彼岸的潜江龙虾
会不会
有一只或者两只
半路上
突然醒来

给每一只潜江龙虾
取一个好听的名字

天上的星星都有一个名字
地上的人都有一个名字
我建议
给每一只出口欧美的
潜江龙虾
取一个好听的名字
一个中国范儿的名字

比如立春、谷雨、小满、芒种、白露
霜降、小雪、小寒……
比如京、鄂、皖、豫、滇
甘、沪、吉、潜……
比如林黛玉、贾宝玉、孙悟空、猪八戒
潘金莲、巧儿、袭人……

这样，欧洲人、美国人
不仅能津津有味地品尝
潜江龙虾
也能
津津有味地品尝
中国文化
和中国的文化自信

一只被污染的龙虾

像一个被遗弃的残疾儿
自卑地坐在塑料盆的边缘
身体发黑,目光呆滞
头大、尾小。两只钳子
不知什么时候被折断了一只

在潜江龙虾的群里
一脚就被踢了出来
踢到了旁边的草地上
你落地的瞬间
我听见你碰撞的小草
大声喊痛

你一定有过太多经历,心中
一定堆积了太多的淤泥和重金属
你用了多大的勇敢和力气
才重新回到这里
却依然没逃脱被抛弃的命运

你眼睁睁地看着你的同伴
它们健康活跃，衣着光鲜
它们每一只都有光明的前途
有的会被送到美国或欧洲
有的会被送上精致的餐盘

现在，你弓着腰
蜷缩在角落
流下浑浊悲伤的泪水
我给你写的诗句，也弓着腰
在稿纸上哭泣、叹息

想起那时，父亲陪我钓龙虾

系上粗壮的蚯蚓、血迹未干的
鳝鱼骨头，或者剥了皮的青蛙
系上我们心头的小欢喜小盼望
系上乡村朦胧的黄昏和笑声
几根钓竿，轻轻掀开年少的水面

那时门前高大的泡桐树，和父亲
一样粗壮，年轻、有力
那时的我，如门前的那棵小泡桐树
在干净的风中
挥舞着嫩绿的手掌

那时玩伴真多
振华、小红、莉萍，一下子围拢过来
那时还没有油焖大虾
那时龙虾只有单纯的吃法
爆炒虾尾或虾仁

如今我站在老家鱼塘岸边
水面依然和那时一样碧波荡漾
只是没看见当年的玩伴
只是光阴收缴了当年的钓竿，只是
吹过父亲坟头的风，又吹向我

包粽子的母亲

母亲在五月的阳光里
小心地拿起
一片干净的粽叶
仿佛写诗的儿子
轻轻铺开，一页整洁的稿纸

母亲轻轻放进糯米、绿豆、红枣、虾仁
然后翻卷粽叶，包裹，捆扎
整个过程一气呵成
这时，儿子的稿纸上
隐约有一阵阵粽子的香味飘出来

母亲不知道屈原
母亲更不会写诗
母亲只知道，端午节了
爱写诗的儿子
最喜欢吃她亲手包的粽子

久居干净的乡村
不识字的母亲啊
她包粽子时的眼神
多么专注
多么认真

烹龙虾的妻子

一副大厨的样子
你看她,腰系围裙
身子弓成龙虾的姿势
天然气吐出的火苗
照在她额头的汗滴上
沸腾的锅里
水蒸气的香一阵比一阵浓

其实,从清晨开始
朝气蓬勃的妻子
当教师的妻子,在菜市场
挑肥拣瘦,与人讨价还价
咬文嚼字,斤斤计较
她要亲自烧制一盘龙虾
给我们煮酒、论诗

备料的过程精细烦琐

大大咧咧的妻子

做得投入专注

洗虾、剪虾脑、拽虾肠

塞入米粉、辣椒等特殊作料

（此处为秘制配方）

妻子如备课一般

哪些该重点掌握，哪些是知识了解

有条不紊

远方来的诗友，你有口福了

后湖龙虾基地的一个夏日黄昏

火球般的烈日,渐渐向西天的边缘
滚落
身边的白云,镀上金色
这是在潜江后湖龙虾基地上看见的
夏日黄昏图

我和余宏伟走在精养龙虾池边
蹲满了杂草的土路上
认识了红蓼、苘麻,还有几朵
稀疏的荷花,几十年未见的
儿时的植物歌谣

一只龙虾,趴在水草的左肩
用钳子挑逗着另一只
岸上的热空气里
一只小小的红蜻蜓
正拼命把另一只追赶

几只野鸭结队

惊叫着从池面飞起

那是一只顽皮的龙虾

把几声欢喜射向天空

水面上，荡起一道道倒退的皱纹

在异乡,与一群龙虾相遇

这些来自乡下的龙虾
拥挤在一个个塑料盆里
让我想起小时候夏夜乘凉
小伙伴们一起听爷爷讲故事

这些身着大红袍的龙虾
圆圆的眼睛,害羞的神情
我恍惚看见村头小道上
远嫁他乡的红装新娘

一只龙虾对着另一只
张牙舞爪
仿佛是童年的我
正和堂弟彭红波打架

这群湿漉漉的龙虾

挤在一起，低声说着家乡方言

仿佛少年的我和小伙伴们

游泳后刚爬上岸嘻哈低语

这些龙虾都来自家乡潜江

来自潜江的虾稻田

那些泥巴吻过我脚丫的虾稻田

那些长满稻谷蚂蟥鳝鱼

泥鳅青蛙的虾稻田

从家乡潜江匆匆赶来

仿佛只为见我一面

仿佛提醒我怀念

那些已经流逝走远的

恬静的乡村生活

虾的哲理

做一只虾
最需要独守寂寞

就在低处的水里
安静低调地游弋嬉戏

就在深深浅浅的河底沟渠
与水草石头腐物为伴

无论遇见诱惑或者攻击
都必须做到以退为进

知道自己是一块金子
也要用泥土埋住光亮

大红大紫之日
就是生命终结之时

虾的思考

其实龙虾
比人类
更善于思考

谁知盘中虾
只只
都在勤奋思考

不然它们
怎么会
不约而同

变成了
一个个大大的
问号

一只龙虾的爱情

其实我一直
静静地趴在水草上
将你等待

我一只眼睛
假装望着天上的白云
一只
偷偷地瞅着你

你要像个小偷
蹑手蹑脚地来
让我感觉到你的心跳
让我感受到你的呼吸

别再像上次那样鲁莽
否则,我还是会
害羞地退入水底
像一团害羞的火焰

五月的思念

每年五月,情不自禁
我都会想起你

你穿一件红色连衣裙
匆匆忙忙闯进我的记忆
你睁着圆圆的大眼睛
挥舞着一对令人发笑的大钳子

你这个童年的小玩伴
时常和我玩捉迷藏的游戏
有时藏在水草间
有时躲在石缝里

我用钓线逗你，用饵诱惑你
我常常想起你被油焖、被爆炒
被蒜茸、被卤制、被清蒸的味道
眼前常出现你脱掉红裙后
洁白鲜美的胴体

现在五月临近
我又想起了你
我最喜欢的美味之一
潜江龙虾

第二辑

还是那个熟悉的村庄

春天的战争

麦苗竖起了长矛
小草亮出了短剑
花蕾举起拳头,在做战前宣誓
花瓣们扛着盾牌
香气是她们最危险的
生化武器。蜜蜂这群战机
嗡嗡嗡占领了
油菜花阵地的制空权
绿叶们趴在枝头
布下八卦迷魂阵
桃花、梨花温柔得像护士
讨论战地医院的话题
万事俱备,只欠东风
聒噪的青蛙,突然擂响战鼓
是谁趁着夜色开始偷袭

故乡研究

柿子树在村口盼红了眼
玉米在阳光下咧着金黄的牙

稻子在田野低着头成熟
白云飘荡,把粒粒叮嘱送到异乡

多事的秋风,在枣树的叶子上跑来跑去
东一下西一下数着枣子玩

那条憔悴的乡路,是一根
永远剪不断的脐带,不停地运输着乡愁

这轮月亮
今夜格外明亮

挂在我的心空
像一枚,思念的伤口

中秋月

月亮
你这个
远在天边的
游子

你是否依然
乡音未改
是否依旧保存着
离家时,母亲的牵挂

年年中秋
望乡的眼睛
瞪得最大
最圆、最亮

月光
是不是你
派出的白衣特使
满世界寻找，白发亲娘

我遥望夜空
月光
又化为一片皎洁的思念
轻轻挤进我的小窗

想起这些乡间的事物

这些亲戚,我已很少来往
这些豆角、茄子、土豆、黄瓜
如果不是生活的必需品
这些兄弟姐妹都快不认识我了
劳子花、构树、蚯蚓、蝉鸣

一次返乡,面对田野上的麦苗
妻子说,这里种了这么多韭菜
另一次,读小学的女儿对着稻田里
正在分蘖的秧苗抒情
哇!好整齐的草啊,像照片上的草原

好多亲人都断了联系。曾经
最疼我的奶奶,肯定也忘记了我
前几年,父亲也选择
去照顾她。他们居住的心形屋顶
让我想念一次心就疼一次

那棵饱经风雨的桑树
每年依然结满红得发紫的桑枣
酸酸甜甜的往事和喜鹊一起飞上枝头
曾经结伴过家家的青梅和竹马
今宵你们都酒醒何处

蹲在村子东边
椭圆的池塘,是村子的一个
口袋,里面装着童年
三棵树影
五声蛙鸣

和我一样
在外定居,出门打工,异地求学
那一只只麻雀
一到年底,就会沿着熟悉的年味
成群结队飞回去

每次想起这些乡间的事物
在闲暇时,或者梦里
我的脸
就如母亲菜园里的西红柿
悄悄地红了

后湖桃花

这个邻家女孩
悄悄出生
在春夜的床上
睁着好奇的大眼睛
不像青蛙王子
调皮吵闹
她在邻家院内
安静成长
粉嫩的嘴，粉嫩的
蕊，粉嫩的香
粉嫩的身子
穿着粉红的裙子
当我注意到她
她已经出落成一个大姑娘
她已经瘫倒在春天的怀里

春雨词

我从遥远的天上来
我要喊醒冬眠的大地
我要喊醒沉睡的河流

我还要喊醒
树上的每一片叶子
喊醒枝头的每一朵花

白天,用清脆的鸟鸣喊
夜色中,用响亮的蛙声喊
如果他们还不答应

我就喊大地一声父亲
喊河流一声母亲
喊花朵一声爱人

村庄、空气、昆虫、小草
世界的每个细胞
都暗暗给我加足了马力

虾乡春天

这本新诗集
即将出版

垂柳用嫩芽在水面上写
阳光用温暖在屋顶上写
花朵们用香气
在空气中写下粉红色、黄色
雪白的,或者五彩的句子

母亲和父亲,头戴斗笠
用农具在田野吟哦
田埂边反刍的老牛
仿佛是从唐朝走出来的

稻田里的潜江龙虾
是一位高产的地下诗人
它轻轻拱动泥土的动作
让平静的水面发出了声音

春雷兄弟脾气太坏，写不出诗
站在天上干号几声不说
还用闪电的笔尖
把天空这张干净的稿纸划破

缠绵的春雨小妹
真让人厌烦
所有的诗
都被她押上了湿漉漉的韵

最后还是
漫山遍野的小草有创意
设计了绿色的封面

春天里

我听见
一只喝醉了花粉的蜜蜂
在空气中
踉踉跄跄
喊着一朵花的名字

我听见一朵桃花
轻轻从枝头
跌落
仿佛三月唇边
一声粉红的叹息

油菜花
漫山遍野
金黄的光铺向天边
她一步一步
把我们引进春天的深处

写给桃子的信

初见你时
是在春天
你还只是一朵桃花
羞红着脸

再见你时
已是盛夏
我垂涎你饱满的身子
淡淡的红晕

多年以后
你已成桃核
时光消解了你的青春
刻下沧桑坚硬的皱纹

我一直坚信
你始终是我心中
最美的一枚
思念

醒

是村庄喊醒了桃花
还是桃花叫醒了村庄
这个纠纷
在凤蛟村,没人说明白

说得明白的
是凌晨三点的闹钟
弄醒了凤蛟村
江老汉的梦
江老汉又弄醒了
电灯的梦
水裤的梦
摩托车的梦
正在熟睡的,隔壁兄弟的梦

轻轻出门
院子的狗轻轻叫了
两声

弄醒了月亮的梦
田埂和小草的梦
露珠的梦
晶莹地从草尖
跌落

一脚下去，水面哗地一声
从梦中惊醒
一只小青蛙揉着睡眼
受惊地跳开
虾网们陆续醒来
一只只龙虾
活蹦乱跳，仿佛
仍在梦中

凤蛟村的早晨

龙虾的双钳轻轻一推
凤蛟村的早晨和宽阔的水面
一起亮起来了
黑暗悄悄藏进屋后的杉树林
公鸡的打鸣声渐次消隐

太阳慢慢探出圆脑袋
它每天准时窥探
凤蛟村的人物事件
江老汉此时已走在回家路上
他的快乐和满足
还在龙虾交易市场的秤上晃荡

经过早点摊
江老汉气定神闲
他要用一大碗肉丝面
和一份现磨豆浆
驱赶劳作后的疲惫

这时他才感觉
脚踝边的异样
一只恋家的龙虾
瞪着可怜巴巴的眼睛
紧紧咬在他的裤脚上

萤火虫

这群微弱的星星,匍匐
在夏夜
漆黑的丛林
散发出稀薄的光芒

它们将飞向哪儿
它们要将轻盈的灵魂
安放在何处?那一夜
我们都曾经懵懂而紧张

多么缥缈啊
萤火虫的爱情
只知道轻轻地飞行
从未发出任何声音

在那静静的傍晚的虾稻田里

刚进村口,远远地
望见母亲
站在虾稻田里
衰老的身子插在夕光中

想起小时候
曾经年轻的母亲
也是这样站在稻田里
清清的水淹没脚踝

那时,总有清脆的鸟语沾在
青青的秧苗上扔过去
总有父亲的笑声扔过去
总有母亲的娇嗔传过来

现在,孤零零地
站在虾稻田静静的暮色里
母亲
把整个村子
都站成了孤独

在菜市场想起母亲

这些红衣辣椒、紫脸茄子
这些青菜、蒜苗、冬瓜、土豆
我又遇见了他们
这些来自乡下的亲戚

这些童年的玩伴
咯咯笑着的鸡、矮胖的鸭
闭目养神的乌龟
在水中吐着泡泡的鱼

坐在东边的红色塑料盆里
穿着红铠甲的小龙虾们
挥舞着童年的钳子
热情地向我打着招呼

卖菜大妈慈祥的笑脸
让我突然想起了母亲
在乡下，母亲种得一地好菜
母亲也曾来过这个菜市场

这是一个晴朗的周末
我又逛了几圈
还是没有看到
那个熟悉的身影

突然鼻子发出浓浓的乡音
一个长长的喷嚏
一阵蹑手蹑脚的风
让我的思念患了一场重感冒

母亲的四万块

一百元的三百张,伍拾元的一百多张
二十元的一百多张
十元的两百多张
没有五元二元一元的零钱
银行小妹数得有些不耐烦
她说这钱,咋散发出浓烈刺鼻的霉味

这四万块,每张都是最质朴的爱
沾满了母亲的汗水,沾满了
母亲赶往菜市场时凌晨清亮的露水
沾满了冰冷的雨水
或许还有被城管队员驱赶出来的
委屈的泪水

银行小妹,我想让你用透明的镜片后面
精准的数学算算
四万块的茄子豆角白菜萝卜摆成一路有多长
四万块的黎明夜色烈日雨水连在一起有多长
算算我乡村独居的母亲,攒下的这四万块
从乡下到城里再回到乡下,要走多长的路

糖尿病母亲

六十六岁的母亲
患糖尿病多年
刚做完体检
从村卫生室回来
沮丧地告诉我
她的血糖又升高了
空腹血糖九点二
尿糖两个加号
她不知所措
只是一个劲儿地说
我真的不要
这种"甜蜜"生活

母亲躺在病床上

母亲和尿毒症的战斗
已持续十年有余
近两年来,母亲和病床
几乎每天黏在一起
46号病床,仿佛是母亲的
另外一个肾

母亲的身体,完全被透析
折磨得不像人样
母亲的骨质开始疏松
就快要支撑不起活着的重量
此时此刻
母亲只剩下皮包骨头

上午我和妻子又到医院
主管医生安慰着告诉我们
母亲的器官们接近衰竭
肝腹水、脾肿大、肺萎缩……
轻轻推开病房的门
母亲疼痛的呻吟声更大了些

抱起父亲

在童年，我无数次奔向你，父亲
你用粗糙的手，把我高举过头顶
此时我却迈着沉重的步履
焦急地奔向刚从火化炉出来的你

不见了你的大手，不见了你的微笑
你的身体和声音去了哪里？
撕心裂肺的黑纱布一直黑着脸
把你的骨头包好，把我的泪水包好

我把你抱在怀里。这是我第一次
也是最后一次抱起你
我的曾经身壮如牛的父亲啊
此刻躺在我的怀里，生命如此之轻

你曾经无数次抱起我，父亲
那是抱着全世界的快乐
如今我抱起你，一生仅此一次，父亲
全世界，乌云密布，泪水盈盈

一封旧信

识字不多的父亲
留下的遗物
信纸已如黄叶
字迹也开始模糊

在阳光下轻轻摊开
弯弯曲曲的笔迹
如父亲生前,苍老的额上
深深浅浅的皱纹

仔细聆听
每一个字都从梦中醒来
挨个儿张开小嘴
低声说话

仿佛许多年前
正值壮年的父亲
对在异乡求学的我
细细叮嘱

给父亲烧纸钱

每年清明
或者纪念日
我们都会挑选一批
花花绿绿的纸钱
去陪父亲

带着尘世的体温
纸钱前赴后继
扑向火焰
这列通向父亲的
单程列车

粉身碎骨的纸钱
代替我们，去照顾
住在天堂的父亲
我们的思念
只剩下一堆灰烬

清明,给父亲上坟

都知道这一天
你要回来
思念通知了所有的亲人
冷风通知了纷纷的雨
沉默了一冬的小草
已先于我们
跪在你的墓前

父亲你看,田野广阔
油菜都熟了
它们挺着饱满的籽
笨重地在风中摆动
往事已如油菜花凋谢
记忆香得有些眩晕

鲜花摆好
酒杯斟满
通往天国的纸钱点燃
香火睁开眼睛
我们来看你了,父亲
你是否已附身于这块碑石

擦干眼泪。鸣炮。
作揖。父亲,请原谅我
这个不孝之子
一年之中,只能回来
看望你两三次
然后又说笑着离开

陪父亲说话

每年今日
我都会准时
回来看你
就像你在世时
准确地记得
我的生日
那时,我是你心中
最骄傲的儿子
现在,你变成我心底
永远思念的影子

又深秋了
母亲的头发
犹如池塘边的芦花
白得使人战栗
上个周末阴沉
我回来看她
孤单在秋风里

一丝丝消瘦的白发
仿佛一根根银针
刺进我的心头

这些年，沉默着
睡在地下
你冷不冷，寂不寂寞
我们送的纸钱、衣服
你都收到没有
马上又要到冬天了
我常在梦中听见
你叮嘱我
多添一件衣裳
薄情的人间风大雨冷

如今人到半百
才深知
活着，真的不易

每个寂静夜晚

我都感觉

死亡这个家伙

仿佛住在隔壁等我

过完今天，父亲

我就离你

又近了一步

夏　日

夏日在老屋后的杉树林
深不可测
在老式的竹凉椅上躺下
蝉鸣夹杂着久违的泥土气息
青草的气息，围拢过来
我一下躺进了童年的梦境

那时你在前面，一路小跑
就在这杉树林旁的沟渠边
提着红塑料小桶，摇晃
几根钓龙虾的竹竿和透明的阳光
我像一条小尾巴，跟在后边
再后面，紧跟着热烘烘的空气

现在，我在杉树林里安静躺着
你躺在林边的菜园一隅
望着我，石碑般安静
又一阵风，吹过你坟头的青草
哦，这残酷的夏日
在家乡，在青龙沟村，在杉树林

月光照着父亲

中秋之夜
月光照着父亲
多么安静

夜深了,父亲还站在
屋后的菜园
多么安静

月光照着菜园
熟睡的蔬菜,唧唧虫鸣
多么安静

月光照着菜园
站在父亲墓碑上的孤单
多么安静

中秋画故乡

裁剪今夜之一角
轻轻在书桌上铺平
举起乡愁
这支忧伤的笔
蘸满思念
浓浓的墨汁

我想画一画父亲的笑容
可父亲的笑容
早在六十三岁时就已凝固
我想画一画母亲
却画出田埂上那棵老柳树
佝偻的背影

我想画一画麦苗柔软的身子
坚硬的钢筋混凝土
挡住了我的目光
我还想画一画儿时嬉戏的
那条清清的小河
却怎么也听不见它的呼吸

整个夜晚,我不停地画
寂静夜色
被我画出,满地月光

中秋节

中秋节就要来了
今天农历八月十三
这个老人,和我们
只隔着两天的
路程

他和外国的圣诞老人一样
会给我们带来
好多礼物
比如月饼
比如团圆
比如乡愁

天上那轮明月
是中秋老人
寄给我们的
一张圆圆的
明信片

这几天
去世多年的父亲
总是在记忆里追我
就在昨夜
他又追到我的梦中

我的父亲不可能那么完美

曾读过很多
赞美父亲的诗文
有人说,父爱如山
有人说,父爱如海
有人写道,父爱是阳光
照亮了人生的阴霾
也有人写道,父爱博大
无法描摹
我感觉这些技法
空洞缥缈
没有一个字,真正打动过我

我的父亲不可能那么完美
我的父亲,他只是一个
普通的青龙沟村人
我写过他疼我的笑容
也写过他
对我大打出手的拳头

描述过他慈爱的目光

也勾勒过他颈部因暴怒而凸起的

小蛇般可怕的血管

笔端多次汩汩流出

他极度喜欢的粗劣的酒香

他有时大男子主义

有时似个小孩子

他不属于任何评语

我的父亲

仅仅只是我的父亲

仅仅只是

存在于我的血液中

我曾多次

让他在诗中复活

皮肤偏黑，膀粗，腰圆

如果还在，今年就六十八了

父亲坐在大地上

写下这个题目
田野突然空旷荒凉起来
田野上出生的父亲端坐在大地之上

风扯着他的衣裳,小草在他身边成长
他的胸前,是母亲的菜园
金黄的油菜花开得正旺
他的背后,是无远弗届的
麦浪,现在正被春天分行

桃花梨花柳絮鸡鸭牛羊
年年在他的注视中绽放
此刻他的目光
一定停留在沟渠边,几朵小野花
白色或者粉红色的脸上

这个曾经在诗里
被我比喻成土豆的男人

稳稳当当坐在大地上
他
的
坟
像极了从土里冒出的
一颗大土豆

冬日早晨

冬日的虾稻田里撒满了宁静
水面上漂浮着些许
细碎的薄冰
杂草们穿着枯黄色的外衣
稻谷们早已回家
整齐的稻茬显出腐败的神色
田埂边站着高直的白杨树
裸露出空空的树枝
一只老鸦孤坐其上
它在怀念梦中吻过的白云
龙虾们把自己藏进了泥土
整个冬天,你将看不到它们

回乡偶记

门前的小河
依旧和童年的水面
一样的宽度
水面被白色的水汽笼罩
它曾经装满了鱼虾
也装满了嬉笑与快乐
河边的那棵老柳树上
曾经刻满了我和小伙伴的名字
如今它在风中摇头
仿佛不认识我

父亲已去世多年。只有
每年清明
我们用纸钱和鞭炮
给他做成回家的梯子
用香火的眼睛
为他照亮回家的路
父亲和其他的亲人们

才借助小草、雨滴、花朵、蚂蚁
或者风儿的身体
回来看看

这是一个冬天的清晨
我正走在回乡的薄雾中
村子和田野寂静
它们和树林中的麻雀一样
都还在沉睡
不知道我轻轻的、熟悉而陌生的
脚步声
能否慢慢将它唤醒

十二月

当我写下这三个字
寒冷的北风
就将故乡的讯息
刮了过来
鸡鸭开始上架
猫狗在堂屋打盹
候鸟们都去了南方
只剩下麻雀
依旧忠心耿耿
常常歇在墓碑上
陪父亲说话
此刻
任何一个
关于母亲的消息
都会在我的心里
掀起一场风暴
你哈着热气说
天气多么冷啊

老家屋檐下
是否又站满了
一排排冰凌
那些脱光了叶子的树木
一定又穿上了
白雪的袄子

去远方

去远方，去远方
回到遥远的古代
用毛笔代替电脑
用清风取代空调

去远方，去远方
葱郁的绿叶
删除都市的喧闹
清脆的鸟鸣
是清晨寂静的注脚

去远方，去远方
让战争滚到天边
刀枪回到厨房
桃花源里，不知魏晋
世界一派和平景象

去远方,去远方
回到遥远的古代
不做英雄,不做帝王
采菊东篱下,悠然见南山
我的远方,莺飞草长

掌上故乡

摊开手掌，十个指头
从十个方向
指向故乡
一个个掌指关节
仿佛返乡的一个个驿站

摊开手掌，就会看见
清晨、黄昏、炊烟、露水
摊开手掌，亲人的呼唤
牛哞狗吠，鸡鸣鸭叫
顺着乡风清晰地传来

摊开手掌，凸起的地方
必是故乡高高的山冈
凹下的部分
定是故乡清澈的湖泊、池塘
它们的深处，都浓浓地涌动
鲜红的乡愁的血液

我在其中，细细寻找
哪一条掌纹里
藏着母亲苍老的白发
哪一条掌纹里
流动着母亲爱的目光

月亮之诗

1

喜欢夜生活的神仙们
在黑暗中醒来
拉亮了满天繁星
月亮,这最亮的一盏灯
一定是玉帝家的

2

嫦娥、吴刚、桂花树
是谁想象出来的
其实月宫一无所有
每夜只会
向凡间泼下无数凉水

3

童年的月亮落进水底
仿佛是流水的心
一只只萤火虫
背着微光飞过河上的天空
冒充了满天繁星

4

这是一轮低矮的月亮
刚才还挂在门前的树梢
仿佛树顶戴着一个
银项圈
转瞬之间,它又升上高空

5

无缘无故,人们喜欢
把中秋和月亮
点成鸳鸯谱
无缘无故,中秋的月亮
总让我流下思念的泪水

6

故乡是月亮
用月光印刷的一本大书
今夜,月光汹涌
我用乡愁
将故乡轻轻翻阅

第三辑

还是那座精致的小城

生死相依的小城

再也不会离开了。再也不会
东奔西跑，南下北漂
再也不会羡慕大都市，繁华
与诱惑。再也，再也不会离开了

这东经 112°29′ 至 113°01′
北纬 30°04′ 至 30°39′ 的弧形美
这不胖不瘦的 2004 平方公里
每一寸绵延起伏肥沃或贫瘠的土地

长年生活于此的百万人民
他们勤劳、憨直、睿智。我像他们一样
爱着曹禺、李书城、李汉俊
爱着潜江民歌、江汉皮影和花鼓戏

亲爱的父亲母亲，兄弟姐妹
汉江、东荆河一般惺惺相惜
血脉相连地轻轻流淌

春夏秋冬，花谢花开

高直魁梧的水杉，这些活化石
撑起这座小城的蓝天白云
温柔清澈的返湾湖、借粮湖散发着
宽阔、深邃的荷花的香气

你的过去、现在和将来
我就这么爱着，我的爱人
这座生死相依的小城
日益成长的小城，我们最后的居所

桃花绽放

站在枝头
你吃吃地笑
一万朵芳香的小嘴
说出春天的美

我是不速之客
你香得有些慌乱
一片花瓣
正好跳到,我的脸上

嗡嗡蜜蜂,站成你的额头
活动的美人痣
几只蝴蝶,上下翻飞
在你面前,表演轻功

三月的家乡,阳光正好
最喜春风无赖
摸摸你的脸,亲亲你的蕊
然后,把你的香气运到远方

汉　江

汉江，其实就是
从银河掉落到
老家屋后，一根清亮的绳子

前年夏天，它捆走了
正在游泳的表弟和三个男孩
去年秋天，它又捆走了
村庄的几艘旧木船
连续几年冬天，它都
只捆住雪野苍茫
今年春天它想捆住
两岸的油菜花香和小鸟的叫声

此刻，它落进我的诗里
温顺得波光粼粼

建设春天的人

远远地,在三月的雨里
我看见了他们

这些头戴安全帽
身穿火红的"潜江交投"工作服的人

远远地,沿着返湾湖清新的空气
蜿蜒的马拉松赛道

我看见了他们
这些操作着挖车的人,手执铁锹的人

这些身披雨具,把初春的寒意
摆弄得热火朝天的人

我看见了他们,这些
把一次次劳动织成一缕缕白发的人

这些把一寸寸寂静的夜色
辗压进一块块沉默的沥青的人

这些人，这些把道路的坎坷沟壑
变成自己额头深深浅浅皱纹的人

这些人，这些不舍昼夜，让滚烫的汗水
温暖白天打湿黑夜的人

这些手执扳手，用蜜蜂针尖一般的细心
为彩虹栈道拧紧每个螺钉的人

这些把一棵棵树苗栽进土里
把一束束花草和希望种进春天的人

这些工程师、建筑师、油漆工，这些
道路美容师、房屋化妆师、桥梁外科大夫

这些男人、女人，潜江人、外乡人
远远地，在三月的雨里

我看见了他们，被雨水打湿的诗句
世间万物都举起右手，致以最崇高的敬礼

办公室写真（组诗）

公文写作

思考时仿佛是一位哲学家
儒雅的你，总是站在
厚厚的眼镜后面，绞尽脑汁
苦思冥想。稀疏的黑发白发
与一个个夜色或月光
紧密勾结，千方百计谋篇布局
以名词、动词、形容词、量词为经
主语、谓语、宾语、标点符号为纬
把党建、纪检、改革、经济社会发展
串联成一篇篇高质量的总结讲话
工作汇报，或可推广的经验
一个个汉字在你笔尖奇妙地开花
一个个词语在稿纸上生动地表达
春天，听得见犁耙水响
秋季，能闻到硕果飘香

信息综合

眼观六路耳听八方
每个细胞每个毛孔都长满了
眼睛和耳朵
千里眼、顺风耳
这些人们奖励你的比喻,毫不夸张
大事、要事、急事、难事
总在第一时间收集,综合分析上报
纷繁复杂的文件文稿
你都能准确地找到
焦点、重点、热点、亮点、痛点
城区发现了紧急状况
乡里发生了非正常死亡
也能在你这里找到时间、地点、人物
原因,以及后续的处理

督办检查

脚步和思想,总有一个在路上
晴天,你和白云在路上
雨天,你和风雨在路上
从重大决策部署到批示交办件
从中央政策到具体民生
对标每一个问题
核查每一项指标
一张正直威严的黑脸挡住
一张张关系网和一阵阵说情风
只有看到被督查的事项
落地落实,或者矛盾冰释化解
你心中的那块石头,才轰的一声
悄然落到地上

机要保密

大峡谷最隐蔽的部分
办公室里,最神秘的单位
听到它,会让人想到抗战电影
舍身保护电台或者潜伏
在敌人内部的地下密码工作者
在这里,每个人都接受过
特殊的岗位培训和政治检验
甚至,每张纸每支笔
都能始终做到守口如瓶
沉默是黄金的品质
为了国家的安全
你们默默无闻地贡献着自己

环卫工:手执扫帚的诗人

风雨无阻的身影,我不知道
该把你比作杜甫、李清照
还是爱尔兰的谢默斯·希尼
我更想喊你一声
沉默的父亲、寡言的母亲

手执扫帚,站在黎明
路灯里。橘红小帽与灰暗的云朵
相看两不厌。敞开胸怀的橘红工作服
在微凉的风中搜肠刮肚
找寻赞美这座城市高速发展的灵感

那些垃圾,废弃的词语
干瘪的矿泉水瓶,揉皱的卫生纸
吃完烧烤后的小竹签,风吹落的
树叶,昨夜的美梦尚未做完
都被你的细心,扫进了垃圾箱

沙、沙、沙。轻轻的
扫帚的脚步声
仿佛清晨缓缓流淌的轻音乐
扫帚走过的道路上
只剩下整洁和干净的诗行

现在,北京时间凌晨四点
瘦小的你,又站在风中
挥动着扫帚这只巨笔
开始了洁净城市的创作之旅
在诗里,你是最美最憔悴的一句

她坐在那里

她,这首诗的主人公
此刻正坐在
夏日正午的树荫里
她有着母亲的年龄
母亲的皱纹、母亲的安静

一身橘红工作服
说出了她的身份
垃圾车、扫帚和撮箕
在一旁暂时休息
她轻轻取下橘红小帽
让花白头发呼吸新鲜氧气

用自带的矿泉水滋润一下
渴得冒烟的喉咙
半个枯燥的馒头
正在充实瘦弱的身体
一阵微微的南风

懂事地擦拭着她额上的汗滴

此刻她坐在那里
这个炎热的夏日正午
她坐在那里，幸福、平静
她的坐姿、神态、头发
目光和身躯，像极了
我亲爱的母亲

午餐时间

经过一个黎明
加上一个上午的劳动
垃圾桶张着嘴
垃圾桶饿极了

她也饿极了
她已顾不上炎热和汗水
瘫靠上垃圾桶，孤单
仿佛垃圾桶是她的老伴

幸好垃圾桶坐在树荫下
她颤颤巍巍地掏出
半个冷馒头、一瓶凉白水——
她全部的午餐

我总看见你站在那里

一次一次在清晨与你相遇
一次一次在黄昏仍不见你离去
我虽然不知道你的姓名
我却深深地记得你,我的交警兄弟

在一个个交通路口、一个个三尺岗台
在闪烁的红绿灯下,在烈日中,在风雨里
一个个标准规范的指挥手势,一个个
温馨暖人的微笑,一句句滚烫贴心的话语

晴天一身灰,雨天一身泥
夏日汗如水,冬日冰结衣
我总看见你站在那里,在上班下班高峰期
在这座城市越来越拥堵密集的车流里

你站在那里,是一株挺拔的青松
是一棵笔直的水杉。你不在的时候
我看见你的影子,还站在那里
站成人民心中,一尊神圣的雕像

缉毒队长

你的生活就是一部电影
充满了警匪片悬疑片惊心动魄的元素
追逃、卧底、搏斗、枪战
对峙、负伤,生死瞬间常常经历

你的人生就是一个传奇
每一次行动都仿佛《湄公河行动》
每一次战役都要经过一次刀山火海
面对凶残的毒犯,你总是那样临危不惧

其实你也是孝顺儿子、模范丈夫
称职的父亲。而且你就住在我的隔壁
每当人们讲起你,亲爱的缉毒队长
我情不自禁心生敬意

派出所民警

比起前面两位,你就有点鸡毛蒜皮
你总是有出不完的警
排不完的社区纠纷
解不完的邻里矛盾

张家长,李家短
张家的手机丢了摩托车丢了,找你
李家的两兄弟酒喝多了打架,找你
逃学的学生两天没回家,家长也要找你

有警必出,有难必帮,有险必救
有求必应。你必须是一个全能冠军
治安警、刑警、内勤、户籍警
社区民警、消防警……你仿佛变形金刚

总是忙忙碌碌,加班加点
乡下的父母病了,没有时间回去照料
妻子累了,也没时间陪伴
兄弟,这个周末你一定要回家休息
否则,可爱的女儿都快要认不出你了

现　场

最先是轮胎
发出一声恐怖的尖叫

空气吓呆了
瞬间一片空白

一只飞鸟,重重地
跌落,在前方六米或者十米

一摊殷红的血
瘫软在地

然后整条公路都听见
救护车的尖叫、警车的尖叫

路边的那棵老树最圆滑
一会儿点点头,一会儿摇摇头

仿佛什么都知道
但又什么都不说

纪检卫士

一双雄鹰般敏锐的眼睛
用公平正义的目光核查违纪线索
一股啄木鸟般执着的干劲
用辛勤智慧的汗水将蛛丝马迹捕捉

是一株傲雪的红梅
历经多少人情世故的怪圈漩涡
是一朵鲜艳的莲花
绽放出淤泥而不染的优秀品格

转职能、转方式、转作风
突出主责主业
牢记为民务实清廉
不负人民重托
紧握执纪监督问责的神圣职责
忠诚、干净、担当
铸就过硬的纪检监察铁军性格

今夜，窗外星光灿烂
室内灯火通明，空气肃穆
纪律审查又将有新的突破
对于违纪人员，你们的威严
是他们最大的痛苦和折磨

动车偶遇

那是一个春天
我从杭州,坐动车回潜江
你捧一本我也喜欢的勒韦迪
坐在邻座上

当潜江方言暴露我
你收回遥望窗外的目光
仿佛遇见了亲人
你说潜江也是你的家乡

你说油焖大虾麻辣到爽
你说蒜茸大虾回味悠长
你说父母虾稻田里的小龙虾
张牙舞爪,常常爬进你的梦乡

说到曹禺、李书城、李汉俊
说到返湾湖、章华台、兴隆大坝
我给你介绍正在崛起的东荆新城
往日狭窄脏乱的街道换了新妆

多么明媚的一个春日
多么快乐的一次旅程
仿佛只是瞬间
动车就抵达了潜江

端午纪事

天气有点闷骚
家里来了八位朋友

石川啄木《一封谁见了都会怀念我的长信》
高桥睦郎《让我们继续沉默的旅行》
奥利弗《去爱那可爱的事物》
苏契·盖佐《忧伤坐在树墩上》
布兰登·伯查德《能力都是逼出来的》
和我同龄的女诗人,特蕾茜·K. 史密斯
带来美国夏天炎热的《火星生活》

现居武汉的家乡著名诗人沉河
送我一本最新出版的《诗收获》春季号
他用心抄写的
《心经》一幅

我请他们去潜江著名的龙虾街
最著名的虾皇餐厅

吃

油焖大虾

蒜蓉大虾

清蒸大虾

和秘制卤虾

我们喝了一点酒

聊了一下屈原

谈了几首诗

有两次

大头鸭鸭魏理科和沉河

争得面红耳赤

我的心情如窗外的天空

一般闷骚

我想了一会儿你

又想了一会儿,父亲,他已去世多年

与汪伦在鱼塘边对饮

现在,我们放下钓竿
邀请西天浑圆的落日
邀请从水面上吹过来的
凉爽的南风
邀请几声野鸭嘎嘎的叫唤
在大地上一起坐定

这是清蒸大虾、油焖大虾
这是水煮白鱼
这是蒜香豌豆
还有青椒炒肉、五花肉炖白菜
嫂子的厨艺,在形状各异的盘中
热气腾腾,芳香四溢

第一杯酒敬往事
第二杯酒敬兄弟
三杯、四杯、五杯
醇香的佳酿
荡漾着透明的情感

就要醉了，就要醉了
喝了几杯白酒、多少啤酒
我早已经模糊不清
柳枝上蹦蹦跳跳的麻雀
你叽叽喳喳，喊着谁的乳名

雨后清晨

院子的坑坑洼洼里
蓄满了清亮的雨水
昨夜是谁,倚着天空的肩膀
哭得这么伤心

院子里的栀子花
一朵挨着一朵开了
她们仿佛是一个个女诗人
在空气中,用香水写诗

院子里不结果的
石榴花,也睁开了
红红的眼睛
这个清晨多么香啊

芦洑宝塔

早已在万历年间倒塌
于汉江之滨
却被潜江人在 2011 年
从传说中拾起。重建在
梅苑北侧，马昌湖畔

塔高九层
五十六点九米
我常常在夜里将它凝望
也时常在黄昏
在风里
从它身边走过
仿佛一个行走于尘世的
虔诚的僧人

去年我去过杭州西湖
重建后的雷峰塔
空空如也
我怀疑，被压了千年的白娘子
是不是
搬迁到了这里

在章华台,在芈月花海

这成千上万
使劲炫耀着体香的花朵
一定是当年的宠妃
和她的宫女们
不然怎能绽放得
如此骄横,如此细腰
如此艳丽

串串红恣意地撩起
艳艳的红裙子
月季端庄,着一身鹅黄
或红如玫瑰的华丽之袍
薰衣草轻轻低语
仿佛在讲述长秋的爱情
矮胖的绣球蹲在路边
仿佛是
错过了谁的花期

两千五百年前的阳光
如今照在我的身上
站在二十一世纪
章华台上
我说我是楚王
你说你是长秋
在这里
我们共同探寻，爱的奥秘

妻子的快乐

女儿不在身边的日子
你呵护女儿一般喂养着它们
这些吊兰、铜钱草、金银花、仙人球
这些多肉植物：宝石花、千佛手……

我知道，再过一段时间
吊兰就会伸出长长的嘴
铜钱草就会张着圆圆的嘴
金银花就会绽开香香的嘴
仙人球就会用尖尖的嘴
多肉植物们就会用胖嘟嘟的嘴
一起奶声奶气地喊你

噢，连路过的风儿都知道
你是它们共同的妈妈

灯光站在妻子头上

在这首优雅的赞美诗里
我想写下这些
妻子刚给我倒过的尿液
黄里带血,充满臭气
我躺在病床上
我躺在麻醉药的迷宫里
她怕我睡着,频频问我
是否已经放屁通气

在这首优雅的赞美诗里
我还想写下,隔壁病房
骨折女孩骨折的哭泣
邻床老人前列腺切除术后
空洞的鼾声
捆住我双手的注射针头、输液管
监护机,时刻窥视着
我的血压、心率、呼吸

现在,我的妻子坐在那里

我懵懂的沉默

注视着她担心的沉默

我的妻子坐在那里

瘦小的身子略显疲倦

白晃晃的日光灯

站在妻子头上,仔细数着

她悄悄长出的

几根扎心的白发

病中帖

我是 5 床
从现在开始。我介于
4 床和 6 床之间
介于 60 岁的前列腺癌
和 77 岁的肾脏囊肿之间
介于 60 岁的痛苦呻吟
与 77 岁的辗转失眠之间
介于快要死亡与即将死亡之间

从现在起,我是一串数字
我是住院号 1003839669
我不再是故乡小县城
令人羡慕的小科长
不再是对着一朵花抒情的
老男孩、小诗人
我只有一个职务:病人
男,41 岁,二级护理
我只是医生护士口中的
5 床,5 床,5 床

我已看透生死

从现在开始,我要乘坐

一张张检查单、输液管、手术推车

麻醉剂、输尿管镜等交通工具

去心电图室、彩超室、X 光区

检验室、CT 室、手术室等旅游胜地

开始一段或长或短

或平淡无奇或惊心动魄的旅程

4 床并发的哮喘病

让伊丽莎白·毕肖普在我的脑海

短暂停留

风箱般的哮喘,像一把

生锈的钝刀

把武汉同济医院的寂静夜色

划出一道沉闷的伤口

感恩书

爱我的人千里迢迢
赶来看我

开着小车来
坐着动车来
搭乘清风玉露而来
被乌云暴雨追赶而来
或者,从微信祝福里来
穿越手机来

他们带来的礼物都是相同的
他们都带来了浓浓的爱
他们都是我的至爱
他们是我的女儿、兄弟、朋友和亲人

我尚在麻醉药的迷宫里
踟蹰徘徊
我的身体里植入了异物
异物也弯曲着鞠躬
学会了表达深深的感恩

我用多种方式活着

早晨醒来,我用闹钟活着
我用牙刷和毛巾活着
我用衬衣、皮带和裤子活着
用阳台上一朵金银花的香气活着
用一碗牛肉拉面和一杯加了力气的
酸牛奶活着

有时我用眼睛活着
用手机和嘴巴活着,用电脑或笔活着
用话筒和讲话稿活着
用名词动词形容词主语谓语宾语
冒号逗号句号分号括号破折号感叹号
活着。活得很爽的时候
我就在一首诗中活着

到了夜晚，我有时用月光活着
有时用漆黑与雨水活着
更多的时候，用睡眠活着
最寂寞无聊之时
我就用一根孤独
柔软、多情的中指活着

打　扫

这个假日,阳光动人地越过窗子
我突然想起,房间
很长时间了,应该做些打扫
我环顾四周。平日看来
还算干净的房子,满是积尘
如我们平常犯下的一些小小的错误
角落里,一只褐色的蜘蛛
正和它的那只青梅竹马
诉说着藕断丝连的情话

电视机正在播报,毗邻的城市
一件令人震惊的凶杀案
反绑着双手,那英俊的小伙子
怎么都看不出,会如此凶残

或许你曾经碰见过他
在街道上，在茶舍里
对他微笑过 ，打过招呼
我们都不曾看清，他心灵的房子
蓄满了灰尘、病菌和肮脏的狠毒

打扫过的房间，干净、爽目
如天空把身上的雪花抖落
之后，清澈如洗

叙利亚今夜无眠

这就是所谓现代文明的
21 世纪
2018 年 4 月 14 日凌晨
叙利亚下起了雨
来自美国英国法国的
110 枚,导弹雨

一切何其相似
一个个莫须有的借口
何其相似
荒凉站立的残垣断壁
披头散发的钢筋水泥
与当年我破碎的圆明园与山河
何其相似

一群群难民
饥饿失神的眼神
与当年我的先祖我的人民

何其相似
一阵阵悲恸的海水裹挟着死亡
与当年我的长江我的黄河
何其相似

今夜，我只要写下
叙利亚
笔尖就会源源不断涌出
难民，惊恐慌乱的
脚步声，惨烈刺心的
尖叫声、哭喊声

叙利亚今夜无眠
今夜，我的祖国
繁星满天
万物静默如初
幸福、安宁
多么来之不易

江 姐

十指，是十根竹子
却比竹子更坚韧
十根竹签钉进去
十指连心啊
姐一声不吭

骨头是钢铁，比老虎凳
更坚硬
毒刑拷打，酷刑摧残
历史的鞭子抽在姐的脊梁上
发出铮铮的声响

血，是热血
流动着坚定的信仰
澎湃着长江黄河的巨浪
让辣椒水这种假冒伪劣之血
无处遁形

心如棉花
却比棉花更柔软
姐用棉花的灰烬制成墨水
给儿子写遗书
满满一个母亲的柔情

雨花石

一块块
被岁月打磨得
光亮绚烂的
骨头
凝聚着一截截
不堪回首的
悲痛而屈辱的历史

一滴滴
血与恨
凝固而成
坚硬沉重的
眼泪
拿到耳边仔细谛听
有哭喊,有战栗
有愤怒,还有希冀

肉身都已腐烂
只有你
不朽
静卧于
历史的长河
用沉默,向世人
敲响警钟

茶　经

多年以后，我独坐书斋
捧一卷诗书，沏一杯好茶
总会情不自禁
陷入那个香气氤氲的夜晚

那个夜晚下着
一场年轻的细雨
被异乡包围的我
邂逅这家茶吧

"他年我若修花使
列做人间第一香"
女孩的微笑是一首诗
女孩的声音是另一首诗

看茶在杯中,舒展身子
上下漂浮,起起落落
宛若人生奋斗的快乐
仿佛失意低谷的挣扎

轻轻抿上一口
这是怎样一种香
略带微微苦涩的忧伤
饱含沁人心脾的甘甜

在那座以茉莉花为市花的城市
在那家名叫"茉莉花"的茶吧
女孩告诉我
她叫茉莉花

沉醉在歌曲《茉莉花》的浪漫里
那杯香气扑鼻的茶
也有一个好听的名字
茉莉花茶

多年以后，我独坐书斋
捧一卷诗书，沏一杯好茶
总会情不自禁
陷入那个香气氤氲的夜晚

麻将经

各自端坐一域
四个姿态各异的国王
一排被调来调去的麻将勇士
垒起保家卫国坚硬的长城

放冲的那张
是最坏的叛徒
和牌的那枚
乃眼中最大的功臣

酒品见人品,牌风看作风
看东家,干脆利落胸有成竹
瞧南风,磨磨蹭蹭虚张声势
北边那人,凝神定思城府高深
西边,已是四处差账虚汗淋漓

曲终人散
有人扼腕长叹

一把失手打错的大牌
有人沾沾自喜
为改变输赢命运的几次机遇
更有甚者,捶胸顿足
扬言剁手

其实关手何事
世上哪有常胜将军
牌场如战场
麻将写人生
小赌怡情,大赌伤身、更伤心

胜败乃兵家常事
有人嘴上说得轻巧
今夜,那把未和的好牌
注定又会让谁辗转难眠,或者
干脆卡在梦中

秋风吹呀吹

我还想给他打个电话
可他再也不会接听
我还想给他发个微信问候
却再也收不到他的回音
我还想看看他喝酒的样子
以后只能在电脑上看他的照片

那个在春天给我赠诗的人
那个在夏季想来湖北潜江
吃油焖大虾的人
那个在秋风中用落叶给我打电话的人
现在，他和我的父亲当年一样
被秋雨凝固了呼吸
这，更加增加了我对秋天的痛恨

那个一见如故的诗友
那个与我相见恨晚对饮而醉的
南昌兄弟

那个和我一起出过一次车祸的
江西老表
那个大名杨晓茅
《江西画报》的首席记者

我还想给他打个电话
可他再也不会接听
我还想给他发个微信问候
却再也收不到他的回音
我还想看看他喝酒的样子
以后只能在电脑上看他的照片

游少林寺

我来少林寺,不为拜佛
不是上香,更不想习武
我只是一个五根清净的游客

我不像那些拜佛之人
虔虔诚诚
也不似那些习武弟子忠心可鉴

塔林在我眼中只是塔林
僧人在我眼中只是和尚
寺院在我心里,仅是寺院

我只在寺院内走一走,四大皆空
同千年银杏的叶子们说说话
只在少室山上,与天上菩萨们遥遥相望

不知菩萨是否在人群中看见了我
我只看见菩萨,身披白云袈裟
一招一式,和电影里的不太一样

夜咏，致陵少兄

这个夜晚，无疑是山东
是泰安
夜晚之中最好的夜晚
泰山蹲在夜色里
我和陵少，在泰山身边
帝苑酒店，品茶长谈
尽管这是我们初次
见面

谈到故人
谈到刘将成、铁舟、杨章池
谈到诗
谈到舒婷、薇依、阿赫玛托娃
谈到性
谈到人生里，日益隆起的肚子
和快速瘦下去的想法

谈到我们
曾经仰望的泰山
并非如想象中那般
雄伟高大
这时,天空临时安排
一场阵痛的雨水
和震耳的雷声
从泰山上滚落下来

登泰山记

1

在泰山上爱
一定也是一览众山小的事

如果你愿意
我就是那棵敞开衣襟的迎客松

2

能够登上玉皇顶的男人
都是英雄

能够征服上述男人的女人
定是妖精

3

你站在石头面前
晃动着硕大的肺部

我看见铁架上
红脸的西瓜、羞涩的西红柿

4

到了升仙坊
我已经累了

知道你在南天门等我
真想让人抬着上去

5

铃铛在你腰间
咯咯地笑

你是给我力量的美女
还是吸我精血的精灵

6

你坐在那块石头上
我真担心风把你吹走

再不能往前走了
前面,是云蒸霞蔚的深渊

第四辑

还是那份特殊的牵挂

女儿学车

现在,女儿,你打开的
不仅仅是,车门。可能也是
社会,或者,生活

先认清几个最基本的元素吧
这是离合。对了,就是古诗中
人有悲欢离合,月有阴晴圆缺的
离合。短暂的离合
是为了更好地变换,不同的动力

紧挨着离合的两兄弟:左边
是刹车,右边,是油门
人生坦途,用油门加加油
碰到坎坷,踩刹车醒醒脑
这两个部件,千万千万别踩反了

大灯、小灯。远光灯、近光灯
当你需要停车，转向，变道
当你遭遇人生的雾霾，甚至黑夜
请打开它
为自己，也为他人

车就要开始发动起步了
红灯停，绿灯行。你还要
像童年背诵小学生守则一样牢记
交通规则。条条大路通罗马
不同的旅途
需要调整不同的档位，和心态
女儿，手中的方向盘，可要把好了

女儿学画

一张白纸在你面前摊平身子
女儿,你轻轻拿起画笔
开始临摹,或者,自己画

你用铅笔画一棵树。你画树干
你画枝叶,你画小鸟
你接着画天空、绿地、嬉戏的
儿童,画风,画声音
画错的地方,用橡皮细心擦去

你练习水彩。你勾好线稿
在调色板中调匀颜色
上色、滴墨、留白,用纸巾
吸去多余的水分
画得不满意,揉进废纸篓再来一张

女儿,生活这张白纸
已经在你面前摊开
每一次下笔,都需要谨慎小心
人生没有橡皮擦,人生不是一张
供你练习的白纸,人生每天都在直播

画吧,女儿。人生如画
父亲不祈求你画出蒙娜丽莎的微笑
也不祈求你画出著名的向日葵
只希望你,画出自由,画出
健康,画出平安
画出快乐,画出幸福

女儿开店

哑舍，闹市中一个
多么雅致的店名
一个和你一样安静
言语不多的酒咖厅店名

三个九五后美术女生：你和你的
两个闺蜜，魏腕秋、陈韵如
三朵正在向这座小城倾斜
缓缓绽放出芳香的花朵

多么用心地投入。白天
装空调、扫楼梯、涂墙面
夜晚，做方案、画壁画、设计创意
空酒瓶、破麻绳、不规则的小木板
经过你们的手，变成了精致的艺术品

无论人气爆棚,还是生意惨淡
女儿,你的人生都是丰收的
作为父亲的我
都会送你一筐满满的祝福
一个大大的点赞

女儿就要毕业了

女儿,你马上就要毕业了
就像疼你爱你的奶奶
乡村菜园里疼着爱着的
那些南瓜、黄瓜、冬瓜、菜瓜
就要瓜熟蒂落了

女儿你长大了,很多心事
总不愿对我说
每当问起,学习或生活
你总说三观不合,不是沉默不语
就是一笑而过

女儿,你马上就要毕业了
经过这几年大学生活
我真不知道
你是否已经准备好了生活之桨
去划动人生这艘航船

"子在川上曰,逝者如斯夫"
时光多么快啊
女儿,你就要大学毕业了
你就要满二十二岁了
我的头上,又生了几根名叫担心的白发

地铁上的姑娘

一只凶猛的母豹,狠狠地把身体塞进
我的眼睛:黄头发、假睫毛、红嘴唇
红皮套手机。她多么像
诗人大头鸭鸭介绍阿亮认识的那个
轻薄的香气,让我想到
十五年前,后湖那轮朦胧的月亮
在小镇张金,俗不可耐的宋尾兄弟

提着一钵多肉植物
她一上来就抱紧了钢管情人
她的脸,白皙、丰满、多汁
仿佛某只诱人的水果
对面座位上,一位老大娘看过来
面色和蔼,目光慈祥,她的白发
多像老家母亲,沟渠边的芦花

螃蟹岬,小龟山。多么诗意的小站
三位女神,一个打游戏,一个看电影

一个表情冷漠，在微信中
把方言和脏话泼向一位可怜的陌生人
看电影的姑娘打了个呵欠
她正穿越一场宫廷戏的刀光剑影醒来
再次看她，她又快速低下头去

地铁穿过地下的隐蔽，时光总是快速前行
前方到站，青年路。说这话的姑娘
我从未见过。挤出去几个青年
又挤上来几个青年，或者老年。一个女孩
看起来是大学文学院的，她把青春
软埋在男子多毛的胸脯，让人情不自禁
陷入一九九〇年，长发飘飘的大学

含情脉脉看着我，她，让我的脸
微微红了一下
噢，自作多情。透过车窗
我终于看清，纤手托香腮

在车窗外的墙上,是壹加壹整形美容
品牌代言人刘琳琳。她也是地铁上
唯一用潦草的签字告诉我名字的姑娘

地铁上的姑娘,我认识的
只有两个。现在她们,一个
在我的左边。另一个站在我的左边的左边
站在我左边的,是我的女儿,这个周末
上午最安静的女孩,地铁上最漂亮的姑娘
我的耳朵只听见她轻微的呼吸
单纯得就像栀子花开的声音

女儿去旅游

列车缓缓开动了
女儿,你把笑声和激动
安放在舒适的气流中
把我们的叮嘱和担忧放进心里
千里之行,始于家乡

大好河山的身姿,将在你眼中
轻轻展开。桂林山水,神圣泰山
大美青海湖,广阔西藏
你是要去神秘的敦煌,还是
准备去古老的乌镇,梦里水乡

美丽的异国风情也在向你招手
富士山樱花的呼吸,威尼斯的水上教堂
纽约安静的自由女神
济州岛、普吉岛、巴厘岛、夏威夷
浪漫沙滩,绚烂落日,椰林风影

女儿,世界那么大,多出去
走走。如果累了,倦了
就回家看看,或者倚着黄昏
喝两杯忘情的乡愁
读万卷书,行万里路
人生旅途,还有很长的路要走

女儿恋爱了

这个夜晚,我听见
女儿,你在远方对我说话
你对我说,你的心中
第一次,有了小秘密

女儿,我知道你恋爱了
读高中时曾笑话早恋同学的女儿
在家里不分男女性别的女儿
现在也知道爱与忧愁的滋味了

是哪个小子这么有福气
能够入我女儿挑剔的法眼
你从小就把韩国明星当偶像
那个小子和他像不像

和我们的联系明显减少了
这是每个恋爱中的女儿的转变
你们一定在一起相拥着散步
在林间小道,在春风沉醉的晚上

女儿,爱情的道路从来都不平坦
有快乐的阳光,也会有忧伤的眼泪
但愿那个你看中的小子
能够永远爱你,像父亲一样

春天的叫声

刚打开家门,突然从春天深处
传出响亮一声:爸爸
这声音撞得我的耳膜措手不及
这声音让我的耳朵又惊又喜

女儿,你有多长时间没回家了
我对爸爸这个称呼已快陌生
快让爸爸看看你,是瘦了是胖了?
是否还是离家时的顽皮与天真?

这春天妩媚的叫声
叫得心花怒放,叫得枯木逢春
这春天生动的叫声
足以让记忆倒流,让时间停顿

窗外三月的细雨,把绿绿的樟树
淋得湿漉漉的
把你的叫声淋得湿漉漉的
把我的眼眶,淋得湿漉漉的

不是虚构

看一次就揪心一次，为这些女儿
新闻说，在美国爱荷华大学
留学的女大学生邵童
9月6日失踪，10天后其遗体
发现在一辆1997年的丰田车后备厢

新闻说，黑色开学季。女大学生
频频失联，或遇害
8月4日，23岁的自贡女孩徐梦娜
受干爹邀请去创业，失联
8月9日，20岁的女大学生高渝
在重庆搭错车，失联，之后遇害

新闻说，江苏吴江 19 岁女大学生高秋曦
失联半月后确认遭抢劫杀害
新闻说，成都刚毕业的女大学生龚雪失联
新闻说，山东农业大学大四女生林方冠失联
新闻说，19 岁女大学生曾利君返校转车时失踪
新闻说，22 岁女大学生张琳琳……

新闻说，1993 年出生的江西都昌女孩
王卓琳，在向塘火车站下车后失踪
目前警方已经找到遗体
我的心不禁痛得紧紧揪了起来
因为向塘火车站，是你到校离校的必经之站
离你的学校仅有几百米

送女儿上学

就要到学校了,女儿
经过这一路的高铁旅程
我看见你的脸上
有兴奋,有憧憬,也有失落

莫怨学校不如意
只要努力,哪儿都能学到真本事
莫怪自己太愚钝
人生就是要水到渠成,顺其自然

学校的风景还算优美
在这座古老的革命之城,南昌一域
教室在等你,寝室的上下铺在等你
新同学新同桌在等你

女儿,你已经长大了
父亲只能将你送到这里
以后的路,平坦还是坎坷
都需要你,自己,用心去走

病房里

麻醉药刚醒,你叫我
别动,我就不动
你叫我不说话
我就不说话
感觉你,就是医生

这是第一次看见
你有这个表情
这个小燕子担心老燕子的表情
这个女儿担心父亲的表情
这个你渐渐长大了的表情

以前你总是怪我
写了那么多诗,几本诗集里
没有一首完整的诗专门写给你
我现在就答应
出院以后就给你写,写好多

女儿，我刚醒来
就看到你，站在病房边
传说中的小棉袄
温暖全身
我感到特别幸福

和一张照片亲近

十五年前的阳光、街道
十五年前的樟树和笑脸
十五年前的我,牵着十五年前
八岁的你,捧着十五年前的书

十五年前的阳光多么单纯
十五年前的樟树多么矮小
十五年前的笑容多么无邪
十五年前的书,已不知去向

这是众多照片中的一张
这是我最亲近的一张
阳光在场,父爱在场
却被你戏称黑历史的一张

今夜我捧出它细细察看
仿佛看到了你和远方
我只是想寻找,十五年的时间
它们究竟去了何方

女儿回家

说好了，端午回家
你在微信中，还给我安排了任务
买一支重组人表皮生长因子凝胶
你说你跑遍了网上商城，也没遇见它

于是开始跑遍全城的医院和药店
于是开始默数端午到来的时间
于是开始查看这几天的车次和天气
于是开始密谋端午的行程和饮食

你的床开始等，它被换上了新床单
你的画夹在等，你回来它才能工作
你的布娃娃在等，有你它才不寂寞
白日梦在等，梦也听见了你的笑声

你的母亲也在等，为了祈祷
你回家过一个安康的端午
特意早早起床，去菜市场买了艾草
它静静地站在门口，静静等你

家

客厅安静
几个苹果和雪梨
一串葡萄抱在一起
端坐于果盘

温暖的厨房
捧出柴米油盐酱醋
不温不火,温度适宜
调和着空气的和谐与温馨

书房干净
每一本书都记录着
幸福、甜蜜、争论、泪滴
它们的作者多已老去

衣柜，吊着一群缤纷的花衣
站着我的几件人皮
每天我会套上它们
人模狗样，微微一笑出门去

这是我的全世界
小小的一百多平方米
住着我，小小花蕾的女儿
最爱的你

家

我、爱人
女儿
组成一个家

我、爱人、女儿
父母、兄弟姐妹
组成一个家

我、领导
同事们
组成一个家

村里的人，潜江人
湖北人，……
组成一个家

中国人、美国人
俄罗斯人,全世界的人
组成一个家

愿家家平安和睦
家和
万事兴

生日快乐

人生这本书
转眼就翻到了十岁
点燃生日蜡烛吧
点燃这些火热的心

点燃这些少年的火苗
点燃岁月的光明和温暖
你双手合十,微闭的睫毛
许一个神奇的愿望

吹灭生日蜡烛吧
用劲一吸气,狠命一呼气
吸进满满的快乐与好运
把烦恼与忧愁吐得干干净净

让画夹和课本放一天假吧
让名词动词形容词自己去玩游戏
让英语单词回到英语词典
把好朋友邀来，尽情玩乐

生日快乐，生日快乐
女儿，美好的时光总是易逝
祝你的明天，如花绽放
愿你每天，幸福奔跑

看图识蔬菜

现在,女儿,我要率领你
你率领你的母亲
率领蜘蛛、螳螂、蜻蜓、瓢虫
猫兵狗将,率领麻雀蟋蟀蝉鸣
一起冲进六月的童话

乡下的菜园,是一张
肥沃的图画纸。已被奶奶的勤劳
画得翠绿葱郁,琳琅满目
一排排竹制的豆角架上
挂满了长长短短,饱满的诗句

图中最鲜艳的部分,辣椒们
很努力地探出红红的眼睛
平淡的生活
顿时增添了辣味。毗邻的土豆地
奶奶的铁铲把它涂得凸凹不平

种瓜得瓜，种豆得豆
黄瓜、南瓜、冬瓜、苦瓜、丝瓜
一切都在悄悄成熟
即将到来的八月是黄豆的天空
八月，豆荚们惊喜得开口说话

轻浮的公鸡和母鸡，亲密地站在
篱笆墙的阴影中
咯咯咯说着些我们听不懂的笑话
你看，茄子吓得面都酱紫了
躲在叶子下的西红柿，脸都羞红了

放风筝

你的手牵着线
线的手牵着筝
筝在天上,牵着白云

把百足蜈蚣放飞天空
把腼腆的花蝴蝶和蜻蜓放飞天空
把一张张吉祥的图案放飞天空
把一个个小小的愿望和一串串笑声
放飞天空

这是你四岁、五岁,或者
八岁、十岁的春天
经常发生的快乐

如今,你还是
那个放风筝的人
还是你的手牵着线

还是线的手牵着筝
那筝,一半是父亲的心
一半是母亲的心

被天上的大风
吹得
一起
一沉

堆积木

花花绿绿的积木。方形积木
三角形积木、锥体积木
有孔积木、实心积木
小山似的积木、铁轨似的积木
车轮状的积木、椭圆形的积木

你用它们堆成树、火车、小船
堆成城堡,堆成学校,堆成教堂
堆成机器人、奥特曼,堆成梦想
堆成人生的阶梯
堆成你梦中想要的样子

你不知道你坐在阳光下的样子多美
你拿起积木白白胖胖的小手和姿势
多美。你堆积木时专注的目光
你堆好积木后兴奋得手舞足蹈
积木崩塌后你懊恼的酒窝,多美

女儿啊,人生路漫漫
宛若堆积木
有时困难,有时容易
你最需要做的
是一次又一次地坚持,永不言弃

与女儿一起读唐诗

鹅,鹅,鹅。鹅,鹅,鹅
曲项向天歌,白毛浮绿水,红掌拨清波
古典的村庄,唐朝的河边,遇见骆宾王

处处闻啼鸟。花朵们都已解放
在夜风夜雨的煽动下纷纷跳下枝头
让我们和孟浩然一起吟诵春晓

春天的每个部位都埋伏着韵脚
好雨也是。随风潜入夜,润物细无声
忧国忧民的杜甫,在雨中泪水如注

现在,让我们沿着李白的长江顺流而下
下扬州看烟花,听三峡两岸不住的猿啼
拜访庐山瀑布,和汪伦把酒,对饮成三人

床前明月光，疑是地上霜
举头望明月，低头思故乡
哦，女儿，母亲的饭饭香。让我们
合上书本，用你肉肉的小手抱紧我
乘着饭香的翅膀，飞出诗意的唐朝

轻轻地喊你

我喊你,我的小天使
我的小燕子,我的小猪猪
我的小蝴蝶,我的小金鱼
小松鼠、小白兔、小猫咪
让我用所有爱的动物的名字
轻轻地喊你

我喊你,我的小棉袄
我的小苹果,我的小牡丹
我的小番茄,我的小西瓜
小水仙、小蘑菇、小白菜
让我用所有爱的植物的名字
轻轻地喊你

用太阳的笑脸温暖地喊你
用月亮的目光安静地喊你
用桃花的嘴唇香香地喊你
用小溪的歌声甜甜地喊你
用世界上最柔最美的声音
轻轻地喊你

今夜，你的小酒窝睡着了
天上所有的星星都睡了
让我轻轻地喊你
我的小宝贝，小宝贝
窗外的月光，窗外的花
一朵一朵全部开了

女儿上幼儿园

早晨和女儿刚过了马路
就听见女儿奶声奶气的声音
爸爸,还有一点路
老师说,要自己走

女儿刚四岁,一朵春天的蓓蕾
女儿的小星星幼儿园
距离这里大约还有五百米
女儿清澈的目光希望我能同意

我放开女儿的小手
让女儿自己欢快地向幼儿园飞去
直到她拐弯走进校门
我的目光也拐弯到了她的教室里

是啊,总有一天
我终是要放开女儿的手
只是没有想到,我的小小的女儿
小小年纪就要学习独立

女儿学步

刚刚学会走路的女儿
在阳光下,踉踉跄跄
在花园里,摇摇晃晃
像电视里那只可爱的企鹅

突然一个趔趄
女儿的身体向前扑倒
刚才还在咯咯大笑的女儿
顿时泪雨倾盆

母亲总是心软
想快点去扶你起来
我拦住了她:自己爬起来
学步哪能没有跌倒的时候

女儿,成长之路并不平坦
每一次跌倒都是一次成熟
在哪儿跌倒,就从哪里爬起来
才是人生最正确的选择

女儿出生

一九九五年八月二十八日
这一天是女儿你的生日
一九九五年八月二十八日下午四时八分
这一刻是父亲我的节日

经过母亲十月辛苦孕育
你终于选择在这一天来看世界
经过二百八十天漫长的等待
你终于成为这个家族关注的焦点

这一天，爱你的外婆和奶奶从家乡赶来
她们在产房外怀揣着满满的担忧
这一刻，父亲我站在产房里，为你的母亲
鼓劲，为你的到来兴奋加油

这一天，天空的云朵格外激动
在家乡下了一场大暴雨
这一天，家乡的河流格外激动
激动的河水漫过了高高的堤坝

从现在开始

从现在开始,我们
就是甜蜜的一家人了
从你母亲眼里的笑看得出来
尽管现在,你还调皮
在她的子宫里

从现在开始
我要充分发挥医生的职业习惯
早晨用听诊器
晚上隔着肚皮
听你,细密的呼吸,憨憨的睡态

从现在开始,我要
加倍爱你的母亲、我亲爱的妻子
精心地照料她、呵护她
让她把我对你的爱
通过血脉,一点一点地传递给你

又在踢我。你的母亲总是那么喜悦
每当此时，我总是满怀感恩
细细的风吹过来，地上的草长高了
窗台上的肉类植物长高了
你的粉嫩白皙的身体，一定也长高了

从现在开始
我要让你了解外面的世界
在美妙的胎教音乐中
让你预习，这伟大的人间
偶尔穿插，趣味英语、小小的哲理

预产期是在八月
今年秋天，我最大最好的收获
必将是你
故乡村庄，蓝天白云，那只小蟋蟀
匍匐在草丛里，静静等待着